...RENCES POPULAIRES
...LE IMPÉRIAL DE VINCENNES
... LE PATRONAGE
... L'IMPÉRATRICE

# DE L'UTILITÉ

# DE L'INSTRUCTION

## POUR LE PEUPLE

# LIBRAIRIE DE L. HACHETTE ET Cᵒ

### BOULEVARD SAINT-GERMAIN, 77, A PARIS

## BIBLIOTHÈQUE A 25 CENTIMES LE VOLUME

### ET A 35 CENT. POUR LES OUVRAGES SOUMIS AU TIMBRE

#### Format petit in-18

Ces volumes sont la reproduction de conférences
......... à .......... de Vincennes, sous le patro-

DE L'UTILITÉ

# DE L'INSTRUCTION

POUR LE PEUPLE

IMPRIMERIE L. TOINON ET Cᵉ, A SAINT-GERMAIN.

CONFÉRENCES POPULAIRES
FAITES A L'ASILE IMPÉRIAL DE VINCENNES
SOUS LE PATRONAGE
DE S. M. L'IMPÉRATRICE

# DE L'UTILITÉ
# DE L'INSTRUCTION
## POUR LE PEUPLE

PAR

## A. PERDONNET

Directeur de l'École impériale centrale des Arts et Manufactures,
Président de l'Association Polytechnique.

PARIS
LIBRAIRIE DE L. HACHETTE ET Cie
BOULEVARD SAINT-GERMAIN, Nº 77
1867
Droit de traduction réservé.

# DE L'UTILITÉ

# DE L'INSTRUCTION

## POUR LE PEUPLE

MESSIEURS,

Je veux vous entretenir aujourd'hui des bienfaits de l'instruction en général et, plus particulièrement, de son utilité pour le peuple, pour les ouvriers.

Peut-être trouverez-vous singulier que je vous parle de l'utilité de l'instruction, à vous qui êtes réunis ici volontairement par le désir de vous instruire et qui, par conséquent, semblez d'avance en être pénétrés. N'en est-il pas cependant quelques-uns parmi vous qui ont été attirés à cette conférence par la curiosité plutôt que par un grand amour de la science? C'est à ceux-là d'abord que je m'adresse, mais ce n'est pas à eux seulement ; je m'adresse en réalité à tous, parce que je me figure qu'après avoir quitté l'asile et y avoir apprécié l'utilité de l'instruction, vous deviendrez au dehors des propagateurs, de véritables apôtres de l'œuvre que nous avons entreprise, et que vous direz à vos camarades : A l'asile des convalescents nous avons trouvé la santé, mais ce n'est pas tout ; notre bonne Impératrice a voulu qu'indépendamment de la nourriture du corps et des soins les plus touchants, on nous y donnât aussi la nourriture du cœur et de l'esprit. Pour cela, Elle a institué des conférences et Elle a été admirablement secondée dans l'application de sa pensée par notre excellent directeur, toujours si bon, si bienveillant, qui a dirigé ces conférences avec un remarquable talent.

Les choses étant ainsi, j'ai pensé, Messieurs, qu'il pouvait être bon, utile, que moi, qui suis un vieux défenseur, un vieil athlète de cette noble cause de l'instruction, je vinsse vous fournir des arguments, puisés dans ma longue expérience, pour la défendre contre ses détracteurs, car elle a aussi ses détracteurs, même dans ce siècle qualifié de siècle du progrès. C'est ce que je vais essayer de faire.

## I

Avant la grande révolution de 1789, les hauts et puissants seigneurs qui gouvernaient la France avaient un profond mépris pour le peuple ; écoutez La Bruyère parlant des paysans : Quelles sont, dit-il, ces bêtes noires que j'aperçois au loin, grattant la terre ? — Ces bêtes noires, lui aurais-je répondu, M. de La Bruyère, sont les ouvriers des champs qui cultivent la terre pour vous nourrir.

Comment songer à éclairer ces êtres à demi sauvages ? A quoi bon d'ailleurs donner l'instruction aux bourgeois et aux ouvriers, puisque les institutions d'alors leur opposant une barrière infranchissable, ils n'auraient pu s'en servir comme aujourd'hui pour gravir l'échelle sociale et améliorer leur sort.

Les nobles de race, du reste, étaient eux-mêmes pour la plupart fort ignorants. Sans doute, MM. de Voltaire, de Montesquieu, d'Alembert et d'autres, étaient très-instruits; mais c'était de rares exceptions; le plus grand nombre savait à peine l'orthographe, et, nous dit l'histoire, le premier gentil-homme de France, au temps de François Ier, le connétable de Montmorency, ne sachant écrire, plongeait, pour signer son nom, ses cinq doigts dans l'encre et les appliquait sur le papier. De là le nom de *griffe* [1].

Ces nobles ignorants n'auraient-ils pas été humiliés, je vous le demande, de se trouver avec des roturiers plus éclairés?

Mais, Messieurs, si le peuple ne pouvait s'instruire dans les écoles où l'on apprend à lire et à écrire, il ne s'en instruisait pas moins à une grande école qu'il n'appartient à aucun gouvernement de fermer, celle de l'expérience. Et un jour, ce peuple que l'on

---

[1]. Certain sultan, au lieu de plonger ses cinq doigts dans l'encre pour signer comme le connétable de Mont-morency, les plongeait dans le sang et accompagnait cette signature de paraphes qu'il traçait en promenant ses doigts sanglants sur le papier.

croyait sommeiller, s'éveilla et brisa ses
chaînes. De son sein sortirent tous ces vail-
lants soldats qui repoussèrent l'ennemi aux
jours néfastes de l'invasion étrangère, ainsi
que la plupart de nos plus brillants capi-
taines. Si le général des généraux, Napoléon Ier, était de souche noble, du moins
commença-t-il sa carrière comme les enfants du peuple, par les grades inférieurs ;
ce qui lui fit donner par les soldats le nom
de *petit caporal*. C'est encore dans le peuple
que se recruta notre École polytechnique ;
et c'est toujours le peuple qui, sous les noms
d'Arago, de Monge, etc., propagea la science
dans le monde entier.

Force fut bien alors de reconnaître combien il était utile de discipliner par l'instruction ces masses qui unissaient une si
grande puissance intellectuelle à une si
grande puissance matérielle.

La Convention élabora un magnifique
projet d'enseignement populaire que les évé-
nements politiques ne lui permirent pas
d'appliquer dans son ensemble.

Napoléon Ier disait qu'il n'y avait que les
souverains qui voulaient opprimer le peu-

1.

ple, qui lui refusaient l'instruction [1]. Mais les Français, occupés alors à donner des leçons à leurs voisins, n'avaient pas le temps d'en prendre eux-mêmes et ils arrivèrent à la Restauration sachant à peine lire et écrire.

Le gouvernement de la Restauration, dominé par d'anciennes idées, était peu disposé à propager l'instruction. Le budget de l'instruction primaire, sous Charles X, ne dépassait pas 100,000 fr. par an. Il était inférieur à celui de la ménagerie du jardin des plantes ! Aujourd'hui il est quarante-huit fois aussi élevé et, selon moi, il est encore loin d'être suffisant.

Pour être juste, cependant, disons que Louis XVIII accorda sa protection spéciale au Conservatoire des arts et métiers, établissement d'instruction éminemment populaire, et qu'il favorisa la création des cours de mécanique en faveur des ouvriers, cours institués par M. Charles Dupin.

Disons encore que ce fut sous le règne de Charles X que fut inauguré, à Metz, le premier enseignement complet pour les adultes

1. Voir les œuvres de Napoléon III.

de la classe ouvrière, non par le gouvernement, mais par une réunion d'anciens élèves de l'École polytechnique, parmi lesquels nous citerons MM. Poncelet, Bardin, Bergery, etc.

Les cours de Metz ont servi de modèle à ceux qui ont été créés à Paris quelques années plus tard, en 1830, par l'*Association polytechnique*, composée, dans l'origine, uniquement d'anciens élèves de l'École polytechnique, par l'Association polytechnique dont j'ai l'honneur d'être aujourd'hui le président, après en avoir été l'un des secrétaires en 1830.

En 1830 fut promulguée la célèbre et bienfaisante loi sur l'instruction primaire, rédigée par M. Guizot [1]; loi qui a servi de point de départ aux progrès faits depuis lors par l'instruction primaire.

Eh bien! malgré cette loi, malgré l'énorme augmentation du budget, le nombre des

1. M. Guizot n'a pas fait moins pour l'instruction des adultes que pour l'instruction primaire, car l'Association polytechnique, si florissante aujourd'hui, n'aurait pu vivre sans la protection toute spéciale qu'il lui a accordée.

Français qui ne savent ni lire ni écrire,
nombre qui était, en 1829, d'environ moitié
de la population, était encore, en 1864, d'un
quart environ ; et nous ne craignons pas d'af-
firmer que cette proportion ne diminuera que
faiblement, malgré l'ouverture d'un grand
nombre d'écoles gratuites, tant que la fré-
quentation de ces écoles sera facultative.
Nous reviendrons plus loin sur cet important sujet.

Nous avons donc beaucoup à faire pour
étendre le bienfait de l'instruction à toutes
les classes de la société. Mais hâtons-nous
de dire que, grâce à l'énergie et à l'habileté du ministre de l'instruction publique
actuel, M. Duruy, nous sommes en bonne
voie pour cela.

Les vieillards, vous le savez, Messieurs, ont
l'habitude de dénigrer le temps présent et
de vanter le *bon vieux temps*, c'est-à-dire le
temps de leur jeunesse. Je ne suis pas de ce
nombre. Je crois au contraire que le temps
actuel vaut mieux que le temps passé, et que
le temps futur vaudra mieux que le temps
actuel. Je crois que nous valons mieux que
nos pères et que nos enfants vaudront mieux

que nous. Autrement que signifierait ce mot de progrès que l'on répète si souvent? Or, moi, je crois au progrès; j'ai foi à l'amélioration du sort de la classe la plus nombreuse.

Au temps de ma jeunesse, Messieurs, le peuple était loin d'avoir pour l'instruction l'ardeur qu'il a aujourd'hui, mais les chemins de fer sont venus, et alors ceux qui vivaient dans un petit cercle, où ils étaient les plus savants, ont voyagé. Ils en ont trouvé beaucoup qui en savaient plus qu'eux, et ils ont rougi de leur ignorance. Le suffrage universel est venu aussi, et le peuple a compris qu'il lui fallait un certain degré d'instruction pour s'en servir librement et avec discernement.

Nos cours se sont alors multipliés; nous y avons ajouté des conférences et des bibliothèques populaires. L'Association polytechnique, qui avait ouvert la première bibliothèque populaire à Paris en 1835, y ouvrait aussi, en 1860, les premières conférences.

En 1830, nous ne faisions que huit cours à Paris et ces huit cours semblaient satisfaire aux besoins de la population parisienne.

Aujourd'hui nous en faisons plus de deux cents; l'Association philotechnique, société issue de la nôtre, en fait une centaine environ; la ville en a institué un grand nombre dans ses écoles et cependant chaque jour on sollicite notre appui pour la création d'enseignements nouveaux, dans des quartiers qui en ont été dépourvus jusqu'à ce moment.

Et ce n'est pas seulement à Paris que ces aspirations se manifestent; dans les départements l'ardeur pour l'instruction n'est pas moins grande : à peine y ouvre-t-on, dans une ville, ou même dans un village, un cours, une conférence, que la salle se remplit d'auditeurs. C'est, Messieurs, la locomotive qui se met lentement, péniblement en marche, mais qui, une fois en pleine vapeur, renverse tous les obstacles qui lui sont opposés. Malheur à quiconque voudrait l'arrêter! Malheur aussi à quiconque voudrait rejeter le peuple dans l'ignorance !

Lorsque, en 1830, nous formâmes le projet d'exploiter la mine de l'intelligence populaire jusqu'alors négligée, nous doutions du succès, je vous l'avoue. On nous disait : Les ouvriers ne viendront pas à vos cours, ou,

s'ils y viennent, ils ne tarderont pas à les
abandonner. Erreur, Messieurs ; nous avons
réussi au delà de toutes nos espérances. Ce
n'est pas seulement à nos cours élémentaires
que les ouvriers sont venus ; un grand nombre ont paru goûter même ceux de l'ordre le
plus élevé. J'ai assisté à la remarquable co n-
férence qu'a faite M. Samson, à l'Asile des
convalescents, sur la lecture de nos auteurs
classiques ; je me disais : Ces ouvriers, malgré
le talent du professeur, ne sauront jamais
s'élever à la hauteur de sa pensée. Je me
trompais. J'ai reconnu, aux applaudisse-
ments enthousiastes et répétés qui ont ac-
cueilli ses paroles, que leur cœur battait
à l'unisson de celui du maître. En France,
les sentiments nobles et généreux, exprimés
en termes magnifiques par les génies de
notre littérature, trouvent de l'écho même
chez le plus modeste ouvrier.

Dans nos bibliothèques populaires, nous
pensions que Corneille et Racine seraient
délaissés pour les romanciers modernes.
Nous nous trompions encore. Nos vieux
classiques ont aussi trouvé des amis parmi les
ouvriers.

De pareils faits, Messieurs, sont bien encourageants pour les hommes qui se vouent à l'éducation du peuple. Eh bien, le croiriez-vous? il est cependant quelques hommes qui, non-seulement nient l'utilité de l'instruction pour le peuple, mais qui même prétendent que cette instruction est dangereuse, démoralisatrice. Ce sont bien là ces gens que Napoléon Ier accusait de vouloir exploiter le peuple en le tenant dans l'ignorance.

L'intelligence n'a-t-elle pas été dévolue à tous par le créateur, au pauvre comme au riche, sans doute pour que chacun cherchât à en tirer parti? N'est-ce pas le fils d'un cardeur de laine, Christophe Colomb, qui a découvert l'Amérique? Un ouvrier imprimeur, Franklin, qui a posé les premiers paratonnerres et fait tant d'autres belles et grandes choses? Le métier à filer n'a-t-il pas été inventé par un coiffeur, Arkwright? Et enfin n'avons-nous pas vu de nos jours un autre ouvrier imprimeur construire le premier bateau à vapeur? Un grossier mineur enfanter la locomotive, et un ouvrier bûcheron, Lincoln, attacher son nom à une des œuvres

les plus grandes des temps modernes, l'éman-
cipation des esclaves? Jésus-Christ, pour répandre sa sublime doctrine, ne s'est pas
adjoint des lettrés ou des savants, mais de
pauvres pêcheurs. Nous possédons tous un
fonds de richesses intellectuelles plus ou
moins important; il ne s'agit que d'en
tirer parti, et nous vous en fournissons les
moyens par nos cours, nos conférences, nos
bibliothèques. Profitez-en ; autrement nous
aurions le droit de dire que vous n'êtes pas
dignes de la liberté, puisque vous vous sou-
mettez volontairement au plus rude de tous
les esclavages, celui de l'ignorance.

Il en est peut-être qui prétendront ne
pouvoir *travailler de tête*, après une journée de rude labeur manuel?

A ceux-ci je pourrais répondre : Georges
Stephenson, l'inventeur des chemins de fer,
passait bien ses soirées et une partie de ses
nuits à s'instruire et à instruire son fils Ro-
bert, après s'être livré, pendant la journée,
au travail le plus rude, celui des mines...
Mais c'est là une exception ; on ne peut exi-
ger de tous les hommes l'énergie que possé-
dait Georges Stephenson. J'en conviens, et

me borne à leur faire observer que le travail
intellectuel, succédant au travail manuel, est
plutôt un délassement qu'une fatigue. Je ne
vous engage pas d'ailleurs à étudier tous nos
cours à la fois ; je vous conseille, au contraire, de ne suivre, une première année,
qu'un ou deux cours. En étudiant, Messieurs, vous prendrez goût à l'étude et vous
vous y livrerez avec une ardeur toujours
croissante. On se fait une habitude de l'étude
comme on s'en fait une des plaisirs mon-
dains, et la première devient bientôt plus
impérieuse que la seconde.

Quelques-uns objecteront qu'il sont trop
vieux pour s'asseoir sur les bancs. Je pourrais citer à ces derniers les noms de vieillards qui faisaient de longues courses pour
venir puiser, dans nos leçons, l'instruction
qu'ils transmettaient à leurs enfants. Mais ce
serait pour la plupart se montrer trop exi-
geant que de leur demander un pareil effort ;
j'aime mieux leur dire : Vous êtes trop
vieux, je vous l'accorde, mais vous avez des
enfants ; envoyez-les dans nos écoles. Vous
ne pouvez leur léguer aucun héritage matériel ; eh bien, léguez-leur au moins

l'héritage scientifique qui vous a fait défaut.

Que d'objections n'a-t-on pas faites, que d'objections ne fait-on pas encore tous les jours à l'instruction !

On a prétendu que l'instruction excite l'amour-propre, qu'elle fait naître des inégalités choquantes tant qu'elle n'est pas universelle ; eh bien ! rendez-la donc universelle, a répondu Monseigneur Dupanloup au congrès de Malines.

On a soutenu qu'elle est plus nuisible qu'utile si elle est incomplète ; eh bien ! rendez-la donc complète, a ajouté le même orateur.

Et que l'on ne vienne pas nous dire que l'instruction, en exaltant l'ouvrier, le détourne du travail manuel. Il y a, nous le savons, Messieurs, la flamme qui brûle et la flamme qui éclaire. Or la flamme qui émane du flambeau de la science est la flamme qui éclaire. Nous évitons d'ailleurs d'enseigner à l'ouvrier cette science transcendante, qui, à la vérité, pourrait lui troubler l'esprit. Nous nous attachons à ne lui donner que les connaissances solides, élémentaires, qui lui sont, je ne dirai pas seulement utiles, mais même nécessaires pour lutter contre l'industrie étrangère, aujourd'hui que les traités de commerce ont ouvert nos portes aux produits des autres nations.

Il y a deux ans, j'ai visité, par ordre du gouvernement, les grands établissements d'instruction publique de l'Allemagne. Partout, j'y ai vu de magnifiques écoles ouvertes le soir aux ouvriers, et partout aussi, j'ai vu les ouvriers y venir en foule. Il en est de même en Angleterre. Si vous n'imitiez, Messieurs, vos frères d'Allemagne et d'Angleterre, vous seriez un jour vaincus par la supériorité de leurs armes intellectuelles; vous reconnaîtriez trop tard cette supériorité, et la misère viendrait frapper à votre porte. Etudiez donc aussi; étudiez, autant pour assurer le pain à vos familles, que pour soutenir la gloire de notre drapeau.

Je vous ai dit que nous nous attachions surtout à donner aux ouvriers les connaissances élémentaires qui leur sont nécessaires dans leur profession; je dois ajouter que nous ne voulons pas ainsi les parquer dans cette profession, comme les anciens Égyptiens

étaient parqués dans leur caste. Loin de là ;
quand nous découvrons des aptitudes parti-
culières chez quelques-uns des jeunes gens
qui suivent nos cours, nous leur tendons la
main et nous leur fournissons les moyens
d'en tirer parti. Plus d'un est entré à l'é-
cole centrale et en est sorti savant ingénieur
ou habile fabricant [1].

En France, Messieurs, pas de priviléges
qui vous entrave dans votre carrière. Avec de
l'instruction, du courage et de la conduite,
vous pouvez arriver à tous les emplois. Vous
voyez partout, à la tête des affaires, *des par-
venus;* ce qui est l'exception en pays étranger
est la règle chez nous. Anciennement, on
humiliait ou on ridiculisait un homme en
l'appelant parvenu. Aujourd'hui, c'est un
titre de gloire, du moins toutes les fois
qu'on est parvenu par le mérite et le travail.

Si l'étude est un moyen de parvenir, c'est

1. Vers 1835, nous faisions entrer à l'école centrale un
ébéniste âgé déjà de 30 ans. Il est aujourd'hui directeur
d'une grande fabrique sur les bords du Rhin et a placé à
l'école ses deux fils, passés cette année, l'un le troisième,
et l'autre le cinquième de leur promotion, de seconde en
troisième année.

aussi la source des jouissances les plus pures,
les plus nobles. Dès qu'on a abordé la
science, la curiosité s'éveille, on veut en ap-
profondir les mystères, et, si le bras acquiert
plus de vigueur par le travail, l'esprit aussi
se fortifie par l'étude. La santé même s'a-
méliore ; l'étude prolonge les jours de
l'homme. A l'Académie des lettres, où se
trouvent des hommes dont l'intelligence
a constamment travaillé, un homme de
soixante ans était, il y a quelques années, un
jeune homme. A l'Académie des sciences,
les vieillards sont presque aussi nombreux
qu'à l'Académie des lettres.

Sans doute, dans un petit nombre de conférences, nous ne pouvons qu'effleurer la
science ; mais nous nous efforçons de vous
en faire sentir la beauté, afin que vous ve-
niez plus tard compléter votre instruction
dans nos cours réguliers.

Nous n'en avons pas fini avec les objections faites à l'utilité de l'instruction. Il en
est une encore qui se reproduit souvent,
et que nous devons combattre.

« A quoi bon, a-t-on dit, l'instruction littéraire et scientifique, sans l'instruction mo-

rale? A quoi bon la culture de l'esprit, sans la culture du cœur?

» Les cours de morale vous font défaut et devraient marcher en première ligne !

» L'instruction littéraire et scientifique, si elle n'est accompagnée de l'instruction morale, dessèche le cœur. »

Tout cela est parfaitement juste, nous en convenons : l'instruction littéraire et scientifique est sans doute à nos yeux un puissant levier, mais nous ne sommes pas de ceux qui pensent qu'elle suffit pour rendre l'homme heureux et capable d'améliorer sa position; la moralité, l'esprit d'ordre, l'énergie, le courage, la persévérance sont pour cela nécessaires à l'homme, tout autant que l'instruction. Seulement nous ajoutons : à chacun sa tâche ; la nôtre est de donner l'instruction littéraire et scientifique; au clergé, aux moralistes, celle de donner l'instruction morale. — Qui de nous, Messieurs, je vous le  demande, oserait vous parler morale après Monseigneur l'archevêque de Paris? Quelle grandeur dans cette parole véritablement chrétienne ! Quelle hauteur de vues, quelle onction, quelle éloquence du cœur et de l'es-

prit, du cœur surtout ! Espérons, Messieurs,
que l'Asile des convalescents entendra de
nouveau cette noble parole et, ce jour-là, je
viendrai certainement m'asseoir parmi vous
pour admirer une fois de plus ce langage si
grand par sa simplicité ; ce magnifique langage qui respire si profondément l'amour
du faible et du pauvre et qui m'a si vivement
ému, le jour de l'inauguration de nos conférences.

L'instruction littéraire et scientifique a
son côté moral aussi. Comment, en étudiant
les merveilles de la création, ne pas remon-
ter au Créateur ? Qu'il est admirable ce spectacle de l'univers expliqué par un petit nombre de lois d'une majestueuse simplicité !
Quelle poésie sublime ne nous offre-t-il pas !
Quelle peinture attachante ! Quelle harmo-
nie inimitable !

L'étude est éminemment moralisatrice, en
ce qu'elle éloigne l'homme des dissipations
mondaines et le retient au foyer domestique.
Elle modifie toutes ses habitudes. Je me
souviens qu'il y a trente-cinq ans, à l'origine de nos cours, une partie des ouvriers
qui les fréquentaient étaient mal vêtus et

parlaient un langage assez grossier. Quelle transformation n'a pas subi la classe ouvrière depuis lors! On ne distingue plus guère aujourd'hui les ouvriers à l'habit ; espérons que, bientôt, on ne les distinguera même plus à l'instruction.

Qu'on leur enseigne la morale ; rien de mieux ; nous y applaudissons, mais nous croyons qu'il n'est pas moins utile de leur donner des habitudes morales et de bons conseils. Les préceptes, on les oublie trop souvent ; les habitudes, une fois qu'on les a acquises, on les conserve toute sa vie. Elles sont bienfaisantes, elles sont morales, je vous assure, ces réunions des ouvriers et des hommes d'une classe plus élevée, sur le terrain de l'instruction. Que ne sont-elles plus fréquentes ! Les hommes du monde auxquels on représente les ouvriers comme toujours prêts à bouleverser la société pour en exploiter les ruines, apprendraient que la plupart sont de bons pères de famille qui ne demandent qu'à vivre en travaillant ; et les ouvriers, de leur côté, reconnaîtraient que, parmi ces hommes qui, leur dit-on, ne songent qu'à les exploiter, le plus grand nombre leur est sympathique et n'a pas de plus vif désir que celui d'améliorer leur condition.

Je ne crois, Messieurs, pouvoir mieux terminer ces généralités sur l'utilité de l'instruction qu'en citant les paroles prononcées par M. Jean-Jacques Bourcart, un éminent philanthrope alsacien, lorsqu'il fut consulté, par la commission d'enseignement professionel, sur l'effet qu'avaient produit, en Alsace, les cours d'adultes qu'il y a institués.

M. Bourcart s'est exprimé en ces termes : « L'enseignement que nous donnons à la classe ouvrière a eu sur elle une heureuse influence, soit au point de vue matériel, soit au point de vue moral. Les ouvriers qui suivent nos cours sont l'élite de la classe ouvrière. Quelques-uns fréquentaient les brasseries et y perdaient leur temps, leur santé et leur argent. Ils font maintenant des économies et améliorent leur position en obtenant de meilleurs salaires. Plusieurs des plus anciens élèves sont devenus contremaîtres et, en général, le seul fait d'être élève des cours populaires est une bonne recommandation auprès des industriels de notre localité. »

A Paris aussi, un certain nombre de nos anciens élèves se sont placés avantageusement dans les chemins de fer, dans les grandes usines, et sont recherchés par les fabricants.

## II

Après avoir parlé de l'utilité de notre enseignement en général, je veux, Messieurs, l'examiner avec vous dans ses détails, et vous montrer combien peut vous être utile chacune de ses branches en particulier.

A Paris, l'Association polytechnique n'enseigne ni la lecture ni l'écriture ; elle suppose que les hommes qui fréquentent ses cours y viennent, sachant lire et écrire. Les ouvriers qui ne le sauraient pas peuvent l'apprendre dans les écoles primaires ouvertes le soir aux adultes.

Les matières qui composent l'enseignement de cette société sont :

La grammaire et la composition françaises, l'arithmétique, la géométrie, la géométrie

descriptive, la trigonométrie, les éléments
d'algèbre, la comptabilité, le dessin artistique et géométrique, l'hygiène, la physique,
la chimie, la mécanique, l'astronomie, la
législation, la géographie, l'histoire naturelle, la technologie, l'économie politique,
les langues étrangères et le chant.

*Grammaire.* — Qui pourrait contester
l'utilité de la grammaire? L'ouvrier de l'ordre
le plus inférieur tient à savoir le français, si
ce n'est dans la perfection, du moins passa-
blement. Il n'est permis à personne de faire
aujourd'hui certaines fautes grossières.

Venez une ou deux fois par semaine à nos
cours de grammaire, pendant un an, pendant
deux ans au plus. Faites quelques devoirs
chez vous, et je vous promets que bientôt
vous écrirez le français sans faire trop de
fautes, et surtout en évitant celles qui ren-
dent ridicules.

*Arithmétique.* — L'arithmétique n'est pas
utile à un moins grand nombre d'hommes
que la grammaire. La foule qui se presse
à nos cours prouve assez combien le public
apprécie la nécessité de posséder au moins
les notions dont on fait de continuelles appli-

cations dans les usages de la vie et dans l'exercice de toutes les professions.

*Géométrie et géométrie descriptive.* — La géométrie, la géométrie descriptive surtout, ne sont pas, j'en conviens, d'une utilité immédiate pour beaucoup, mais le maçon, devenu entrepreneur, le charpentier, l'arpenteur, etc., ne sauraient s'en passer.

Quelques entrepreneurs restent, par suite de leur ignorance, entièrement à la discrétion *des toiseurs.* Je les plains, avec un peu d'étude ils éviteraient des pertes quelquefois sensibles et l'humiliation d'être trompés.

La coupe des pierres et le débit des charpentes ne sont pas sans difficultés. Il y a des ouvriers qui, sous le nom de professeur de trait, les enseignent à leurs camarades. Ils ont un avantage sur nos propres professeurs, je ne le conteste pas, c'est de savoir mieux se mettre à la portée de l'ouvrier, mais ils ont un défaut, c'est la routine, si nuisible au progrès. Que ces maîtres de trait et nos professeurs s'entendent pour se réformer mutuellement r

*Trigonométrie.* — Toute la science de l'arpenteur est basée sur la trigonométrie. La

2.

classe nombreuse des piqueurs et conducteurs des ponts et chaussées en fait usage à chaque instant.

*Algèbre.* — Le mot d'algèbre a pour le public quelque chose d'effrayant. Hâtons-nous de le rassurer. Notre algèbre n'est véritablement que de l'arithmétique dans laquelle, pour plus de simplicité, nous remplaçons des mots un peu longs par des signes abréviatifs.

*Comptabilité.* — Qu'avons-nous besoin de comptabilité, direz-vous peut-être? Nos comptes sont si simples. Oui, sans doute, tant que vous resterez manœuvres; mais ce sera différent, si vous devenez contre-maîtres, entrepreneurs, et moi je veux, je vous l'ai déjà dit, que vous deveniez, par la grâce de nos cours, contre-maîtres, entrepreneurs.

Écoutez une petite histoire qui vous prouvera, combien, en certains cas, la comptabilité peut être utile à l'ouvrier.

Il y a quelque temps, je rencontre un homme fort bien mis, fort élégant même, qui s'approche de moi et me dit : « Monsieur, vous ne me reconnaissez pas? — Non certai-

nement, lui répondis-je ; je n'ai aucune sou-
venance de vous. — Je suis cependant, re-
pliqua-t-il, cet ouvrier des ports qui venait,
il y a vingt-cinq ans, à vos cours, en blouse
et en sabots. Je suivais les leçons de comptabilité. Le maître du chantier sur lequel je
travaillais l'ayant appris, me chargea, à
l'essai, de tenir ses livres. Je gagnai sa confiance; je plus à sa fille, je l'épousai. A sa
mort, survenue il y a quelques années, je
devins et suis resté propriétaire du chantier. Vous voyez, Monsieur, tout le parti
que j'ai su tirer de mes connaissances en
comptabilité. Ce n'est peut-être pas seulement à ma science que j'ai dû de plaire à ma
femme, mais elle m'aida du moins à faire le
premier pas, et vous savez que c'est le plus
difficile. »

*Dessin.* — On dit avec raison que le dessin est la *langue de l'ingénieur.* C'est en
effet la langue dont se servent les ingénieurs
pour se transmettre leurs idées, leurs pro-
jets, et pour les répandre dans le public.
Bien difficile est dans certains cas, pour
un ingénieur, un directeur d'atelier, un
contre-maître, de se faire comprendre d'un

ouvrier qui n'a aucune notion de dessin, et
malheureusement il y en a encore beaucoup
trop à qui cette remarque s'applique. Aussi
payons-nous, dans nos ateliers, les ouvriers
qui dessinent moitié ou un quart plus que
ceux qui ne dessinent pas, et leur réservons-
nous les meilleurs emplois. C'est surtout à
leur grand talent comme dessinateurs que
les élèves des écoles de Châlons et d'Angers
doivent leur succès.

A combien de professions le dessin n'est-il
pas absolument nécessaire? Les charpentiers,
les menuisiers, les sculpteurs, les maçons, etc., ne sauraient l'ignorer. Quand je
parle des maçons, je fais allusion à ceux qui
ont la prétention de s'élever dans leur profession, de devenir tailleurs de pierres, entrepreneurs ou petits architectes. C'est à ceux-
là que je m'adresse; quant à ceux qui n'ont
aucune ambition, qui ne se sentent pas au
cœur quelque chose qui les pousse en avant
et se résignent à rester manœuvres toute leur
vie, ce n'est pas pour eux que nous avons
créé notre enseignement; mais j'espère qu'il
n'en est pas beaucoup dans cet auditoire.

Il y a une dizaine d'années, l'enseignement

du dessin était un peu négligé ; la dernière exposition de Londres ayant mis en évidence la supériorité de notre fabrication des objets de luxe et de goût, les Anglais crurent s'apercevoir que cette supériorité tenait à notre habileté plus grande dans l'art du dessin, et ils ont, depuis lors, consacré des sommes considérables à créer à Londres un grand nombre d'écoles de dessin. La ville de Paris a aussi multiplié les siennes dans une très-forte proportion.

En Allemagne, l'enseignement du dessin est devenu également une des principales préoccupations des gouvernements, et nous devons signaler l'excellence des méthodes qu'on y emploie.

Nous ne pensons pas que les Anglais et les Allemands, malgré tous leurs efforts, rivalisent jamais avec nous pour la fabrication des objets de goût. Ils n'ont pas et ils n'auront jamais (les Anglais surtout) le feu sacré qui fait les artistes. Ce n'est pas au milieu des brouillards de la Tamise que les artistes peuvent vivre. L'amour de l'art ne peut se développer que sous l'influence du soleil de la France ou de l'Italie. Le génie français conservera donc, n'en doutons pas, sa supériorité, quoi que fassent nos antagonistes ; mais si cette supériorité ne peut s'effacer, elle peut s'amoindrir, et c'est ce que nous devons éviter.

Indépendamment des cours de dessin artistique, l'Association polytechnique a des cours de dessin géométrique. Ces derniers se lient intimement aux cours de géométrie descriptive.

*Hygiène.* — L'hygiène est l'art de conserver sa santé, et, si la santé est précieuse pour tous, elle l'est surtout pour l'ouvrier que la maladie jette souvent dans la misère. Sans doute vous avez l'Asile des convalescents pour vous rétablir ; cependant, quelque bien que vous vous y trouviez, je vous conseille d'y venir le moins souvent possible et de vous bien porter. C'est l'hygiène qui vous apprendra cela.

Je placerai ici un récit qui met en évidence l'utilité de s'attacher aux règles d'une bonne hygiène, non pas seulement dans les épidémies, mais encore dans toutes les circonstances de cette vie.

Je connais, dans le nord de l'Allemagne,

un petit pays habité par un peuple doux,
honnête et assez instruit, puisque, dans ce
pays, il n'est personne qui ne sache lire et
écrire.

Ce peuple n'a qu'un défaut : il est ivrogne.
Les ouvriers et les paysans se grisent dans
les cabarets, et les bourgeois dans les cercles,
qui sont aussi des espèces de cabarets.

Un statisticien a calculé le nombre de
bouteilles de vin que buvait chaque jour un
habitant du pays que je viens de désigner, et
il a trouvé que cette moyenne était de six,
ce qui suppose qu'il en est en assez grand
nombre qui boivent de douze à quinze bouteilles par jour !

Le vin de ce pays, malheureusement, est
un petit vin blanc fort excitant, fort nuisible
à la santé, en sorte que la durée de la vie
moyenne des hommes a diminué au fur et à
mesure que le chiffre moyen des bouteilles
de vin augmentait, et, aujourd'hui, elle dé-
passe rarement 40 ans ! Aussi trouve-t-on,
dans un gros village placé au milieu des vi-
gnobles, 29 veuves pour 1 veuf, et, dans un
autre village du voisinage, 27 veuves !

Que conclure de ce qui précède, si ce n'est

que les habitants du pays dont nous parlons sont complétement dénués de connaissances hygiéniques, qu'ils ignorent combien est nuisible l'usage exagéré du vin? Il est fort bien de savoir lire et écrire, sans doute, mais cela ne suffit pas. La lecture et l'écriture sont plutôt des moyens de parvenir à l'instruction que l'instruction elle-même. C'est pour donner cette instruction complémentaire que nous avons créé en France l'Association polytechnique, désignée souvent, non sans raison, sous le nom de *Sorbonne des ouvriers.*

*Physique.* — Nos maisons sont bien souvent malsaines ou désagréables à habiter. Les murs, au rez-de-chaussée surtout, sont pénétrés d'humidité et les cheminées y fument. Cela n'arriverait pas si une partie de nos architectes n'étaient entièrement étrangers aux sciences physiques. Pour ne citer que les exemples saisissants, toutes les applications de l'électricité, qui aujourd'hui occupent un grand nombre d'ouvriers, exigent une étude approfondie de la physique.

Il en est de même des nombreuses applications de la chaleur aux machines.

*Chimie.* — La chimie ne nous offre pas seulement une étude facile et amusante, elle nous donne le secret des procédés employés pour extraire les métaux de leurs minerais, pour donner à nos étoffes de toute espèce les couleurs les plus belles et les plus durables, pour préparer certains produits de la plus grande utilité, pour augmenter la durée des bois, pour préserver le fer de la rouille, pour conserver les viandes, pour améliorer notre alimentation.

*Mécanique.* — Jamais on n'a vu surgir plus d'inventeurs qu'aujourd'hui. Que de gens, par exemple, ont dans leur poche le projet d'un appareil nouveau pour mettre les voyageurs à l'abri de tout accident sur les chemins de fer. Je suis, par ma position, appelé à recevoir un grand nombre de ces génies incompris, de ces sauveurs du genre humain, et j'ai eu occasion de constater qu'ils sont, pour la plupart, étrangers aux notions les plus élémentaires de la mécanique, et qu'ils ignorent complétement ce qui s'est fait avant eux. S'ils eussent été plus instruits, ils auraient évité souvent des pertes de temps et d'argent considérables, et ils n'auraient

3

pas été exposés à de pénibles déceptions. Ils ne se seraient pas jetés dans une mauvaise voie, d'où il devient impossible de les faire sortir. Il leur répugne de convenir qu'ils se sont trompés ; ils soutiennent les thèses les plus absurdes et continuent leurs recherches jusqu'à ce qu'ils se soient ruinés eux et leurs familles.

Je me borne à citer un des écueils que l'étude de la mécanique permet d'éviter Que n'aurais-je pas à dire de son utilité pour les constructeurs, les mécaniciens, les menuisiers, les charpentiers, les ébénistes, etc.!

*Astronomie.* — Quel est l'homme qui, en présence d'un beau ciel étoilé, par un temps pur et calme, n'est saisi d'une profonde admiration et n'éprouve le désir de pénétrer les secrets de cette sublime création et de se rendre compte du rôle que joue notre terre au milieu de tous ces mondes éclatants, semés dans l'espace ?

Quelle science plus merveilleuse, plus attrayante que celle qui nous apprend que tous ces corps sont assujettis à se mouvoir éternellement, suivant des lois d'une simplicité sublime ; que les uns, les planètes,

sont habités par des êtres plus ou moins sem-
blables à l'homme, comme Mars, Jupiter,
Vénus, etc. ; ou inhabités, comme la lune,
et que les planètes reflètent la lumière d'autres astres, tels que le soleil et les étoiles,
foyers de lumière et de chaleur?

Quelle science plus merveilleuse que celle
qui a trouvé le moyen de compter ces corps,
ou du moins ceux d'entre eux qui ne se trouvent pas au delà du cercle de nos observa-
tions, de les peser, de les estimer?

Cette science merveilleuse, qui élève
l'âme en étendant les horizons au delà des
étroites limites de notre globe, c'est l'astronomie.

*Législation.* — Dans combien de circonstances les notions de législation ne sont-elles
pas utiles à l'homme, quelle que soit la position qu'il occupe dans ce monde? Si l'ouvrier a des devoirs à remplir à l'égard de son
patron, le patron aussi est lié par ses enga-
gements vis-à-vis de l'ouvrier. Il faut que
l'un et l'autre connaissent leurs devoirs ré-
ciproques. — L'homme se marie-t-il? Il doit
être éclairé sur la nature des obligations
qu'il contracte. — L'ouvrier a-t-il des enfants

et veut-il les placer en apprentissage? Il doit être fixé sur les conditions du contrat. A-t-il acquis une propriété quelconque (et dans notre société le nombre des ouvriers propriétaires augmente heureusement tous les jours)? Il a besoin de connaître dans quelles conditions doivent être faits une donation, un testament pour qu'ils soient valables; quels sont les avantages qu'il peut faire à sa veuve, etc.

*Géographie.* — Ai-je besoin de démontrer l'utilité des connaissances géographiques pour tout le monde? Quel est l'ouvrier qui ne rougirait d'ignorer les noms des grandes divisions territoriales du globe, de ne savoir, par exemple, où placer, sur la carte d'Europe, la France, la Belgique, l'Angleterre, l'Allemagne, la Suisse, l'Italie, etc.; sur la carte d'Amérique, les États-Unis, le Mexique, le Brésil, le Chili, etc.; sur la carte d'Afrique, l'Algérie, l'Égypte, etc.; sur celle d'Asie, la Chine, l'Inde, la Perse, etc.? Quelques leçons de nos professeurs suffiront pour le lui apprendre et lui faire connaître les traits caractéristiques des différents pays.

*Histoire naturelle.* — La connaissance de l'histoire naturelle, sans être de celles qui sont indispensables à l'ouvrier, peut être considérée cependant comme pouvant, en maintes circonstances, lui être fort utile. N'est-ce pas dans ses mains habiles que souvent se transforment en produits industriels les produits bruts de notre globe.

*Technologie.* — Le mot de technologie dérive de deux mots grecs : *techné*, art, industrie, et *logos*, langue ou description. La technologie est donc la science des arts industriels. Une pareille science peut-elle rester indifférente à l'ouvrier? Les arts industriels ont entre eux des liens intimes tels, que l'étude de l'un conduit souvent au perfectionnement de l'autre.

*Langues étrangères.*—Les chemins de fer, en multipliant les relations entre les peuples, ont rendu plus que jamais nécessaire la connaissance des langues étrangères. Des milliers d'ouvriers français font chaque année le voyage d'Angleterre ; des milliers y sont établis. Beaucoup aussi ont porté leur industrie en Allemagne. Aussi nos cours de langues étrangères, ceux d'anglais surtout, atti-

rent-ils un nombre considérable d'auditeurs.

*Économie politique.* — L'économie politique est une science toute nouvelle. Elle
n'existait pas au commencement de ce siècle;
depuis lors, elle a acquis une très-grande
importance. Elle éclaire l'ouvrier sur ses
plus chers intérêts, sur les questions d'asso-
ciations, de salaires, de machines, de coali-
tions, etc. Longtemps nous avons hésité à
l'enseigner, craignant qu'elle n'offrît l'occasion d'aborder des questions de politique
que la prudence aussi bien que les règlements nous interdisent de traiter. L'année
dernière seulement, encouragés p  'l'Empereur, par l'Impératrice et par M  ' Préfet
de la Seine, nous l'avons comprise dans
les programmes de notre enseignement,
nous réservant, bien entendu, notre entière
liberté sur toutes les questions qui ne sor-
taient pas du cadre que nous nous étions
volontairement imposé depuis l'origine de
notre société. Vous savez tout l'intérêt
qu'ont su jeter sur leurs leçons les savants
économistes qui ont bien voulu nous prêter
leur concours, MM. Volowski, Baudrillart,

Joseph Garnier, Jules Duval, Batbie, Frédéric Passy, Horn [1], Courcelles-Seneuil et Paul Coq. Je leur ferais injure en cherchant à défendre une cause qu'ils ont si éloquemment plaidée.

*Chant.* — On a longtemps considéré le chant comme un art d'agrément plutôt que comme un art utile ; à nos yeux, c'est un art aussi utile qu'agréable. —Dès 1835, l'Association polytechnique ouvrait ses salles à Vilhem, à Mermoud et à leurs élèves, fondateurs de l'enseignement de la musique populaire à Paris ; plus tard elle les ouvrait également à Mainzer et à Chevé. La musique adoucit les mœurs, elle exalte les plus nobles sentiments, et elle possède de si grands attraits, qu'elle a le pouvoir de détourner ceux qui la cultivent des plaisirs grossiers et immoraux qui trop souvent les avaient captivés. — Nous avons donc vu avec bonheur les orphéons se multiplier en France, et nous n'avons laissé passer au-

1. MM. Frédéric Passy, Courcelles-Seneuil, Horn et Paul Coq, n'ont pas fait de leçons à l'Asile, mais ils ont obtenu les plus brillants succès à l'École de médecine et à l'École Turgot.

cune occasion de leur témoigner notre sym.
pathie ; ajoutons toutefois que nous voyons
avec regret les sociétés orphéoniques, si utiles
lorsqu'elles se renferment dans les localités
ou qu'elles ne s'en éloignent qu'à de petites
distances, multiplier des excursions lointai-
nes qui séparent les ouvriers de leur famille
pendant des semaines entières, et deviennent
pour eux l'occasion de dépenses fort lourdes.

## III

Il nous reste quelques minutes, Messieurs ;
je veux en profiter non pour traiter, mais
pour effleurer au moins deux questions d'un
grand intérêt pour l'instruction populaire.

Faut-il donner de l'instruction aux femmes aussi bien qu'aux hommes ?

L'instruction doit-elle être donnée au peuple gratuitement ? L'instruction primaire
doit-elle être obligatoire ?

Il en est, Messieurs, qui trouvent utile
d'instruire les hommes, mais qui voudraient
tenir les femmes dans l'ignorance ; ils pen-

sent que les femmes en savent toujours assez long, si elles sont bonnes ménagères. —
Je ne suis pas de cet avis. Je conçois parfaitement que, dans les pays où la femme est
encore esclave, comme dans les pays maho-
métans, dans ces pays où le rôle que lui a
assigné le Créateur est si cruellement mé-
connu, on lui refuse l'instruction ; mais, chez
les peuples chrétiens, n'est-elle pas la com-
pagne de l'homme, celle qui partage ses cha-
grins comme elle partage ses plaisirs, qui
est la confidente de ses pensées, qui le soigne
dans la maladie, qui élève ses enfants. Si
elle est trop inférieure à son mari pour l'é-
ducation, elle est incapable de le comprendre, d'avoir avec lui un commerce intellectuel ; le mari se fatigue bientôt alors de sa
société et déserte le foyer domestique. L'instruction lui est donc nécessaire dans une cer-
taine mesure. Ce n'est certes pas que je veuille
qu'elle devienne supérieure en science à son
mari ; non, certes, — l'homme doit gouverner ; la raison le dit aussi bien que la loi. Il
doit gouverner... du moins en apparence,
car vous savez tous qu'en réalité c'est la
femme qui bien souvent tient le sceptre :

3.

douce tyrannie, du reste, puiqu'elle ne s'impose que par les soins et l'amour.

Vous me direz sans doute : Mais où nos femmes prendront-elles le temps de s'instruire ? La femme de l'ouvrier une fois mariée, certainement ne peut fréquenter les écoles ; mais, jeune fille, elle a dû apprendre à lire, et elle peut, dans les livres fournis à domicile par les bibliothèques populaires, puiser les connaissances qu'elle ne peut acquérir dans les cours. En Allemagne, en Suisse, les écoles primaires de filles sont tout aussi fréquentées que celles de garçons. L'instruction secondaire a même commencé à s'organiser, et, à Paris, les jeunes filles ont aujourd'hui, comme les jeunes garçons, leur École Turgot. Cette école est dirigée avec autant d'habileté que de dévouement par mademoiselle Marchef-Girard. D'autres s'élèvent en ce moment; les jeunes filles du peuple y acquerront à un prix excessivement modéré les connaissances nécessaires pour entrer dans des maisons de commerce, y devenir caissières, comptables, pour devenir institutrices, peintres sur porcelaine, etc., en d'autres termes, pour se créer une carrière indépendante et suffisamment lucrative.

Abordons maintenant une autre question : l'instruction donnée au peuple doit-elle être gratuite ?

S'il s'agit de l'instruction primaire, nous répondrons : oui, l'instruction doit être gratuite ; — s'il s'agit de l'instruction des adultes, oui ou non, suivant les circonstances.

Certes j'aimerais mieux faire payer les riches au profit des pauvres, si cela était facile ; mais, dans la pratique, on ne saurait aisément distinguer le pauvre du riche, et l'on doit craindre d'humilier celui que le hasard n'a pas favorisé des dons de la fortune. Il ne faut jamais oublier que nous sommes sur la terre d'égalité par excellence.

Pour ce qui est de l'instruction primaire je ne veux pas seulement qu'elle soit *gratuite* je veux encore qu'elle soit *obligatoire*. L'obligation pour le père de famille d'envoyer son fils à l'école rencontre un grand nombre d'adversaires, même parmi des hommes très-éclairés, très-dévoués au peuple. On prétend que lui imposer une pareille obligation, ce serait porter atteinte à la liberté.

En Suisse, l'instruction est obligatoire ;
et cependant, chez ce peuple plus qu'aucun
autre jaloux de sa liberté, personne ne s'en
plaint. Voici ce que disait à cet égard M. Kern,
ministre plénipotentiaire de la confédération
helvétique, appelé en témoignage devant la
commission d'enseignement professionnel :

« Tandis qu'en France le système de l'instruction obligatoire est repoussé au nom de
la liberté, en Suisse, au contraire, on ne
croit pas que l'État n'ait pas le droit de pres-
crire les mesures nécessaires pour s'assurer
que les citoyens reçoivent les éléments indispensables de l'instruction. Nous croyons que
lorsqu'on peut obliger le père de famille à
donner son fils pour la défense de la patrie
et l'en priver complétement pendant de longues années, comme cela a lieu en France,
on peut bien l'obliger aussi à l'envoyer à
l'école à l'âge fixé pour l'instruction primaire.
Il y a des parents qui montrent une négli-
gence vraiment excessive pour le sort, pour
l'existence future de leurs enfants et, si l'État
n'intervenait pas, il y aurait beaucoup d'exis-
tences compromises, au détriment même des

familles et surtout de la patrie. Voilà l'idée qui domine en Suisse au point de vue de l'instruction. *On ne regarde nullement chez nous l'instruction primaire obligatoire comme une violation, mais plutôt comme une garantie de la liberté.*

Un pareil témoignage est le meilleur argument en faveur de l'instruction primaire obligatoire. · L'opinion de M. Kern est fondée, moins sur une théorie toujours discutable, que sur une longue pratique chez le peuple le plus libre du monde.

En Allemagne aussi, dans toute l'Allemagne, l'instruction primaire est obligatoire. En Allemagne, comme en Suisse, il est établi en principe que le père doit à son enfant le pain de l'esprit aussi bien que le pain du corps, et que s il n'est pas libre de priver le pays du secours de son bras en temps de guerre, il ne l'est pas davantage de le priver du secours de son intelligence en temps de paix.

Pour ce qui est de l'instruction donnée aux adultes de la classe ouvrière, nous avons dit que nous étions partisans de la gratuité ou de la non-gratuité, suivant les circonstances.

En ce qui concerne les conférences, nous voulons que les portes soient ouvertes à tous gratuitement, parce que nous les considérons surtout comme un moyen d'attraction vers l'étude, comme la meilleure de toutes les introductions pour les cours, comme un puissant appel à l'instruction.

Les cours que notre Association polytechnique a institués dans tous les quartiers de Paris sont gratuits. Cela continuera ainsi, parce que cela est ainsi depuis trente-cinq ans, et que l'on ne change pas facilement des habitudes prises. La gratuité était une condition de succès dans l'origine, lorsque le besoin de l'instruction ne se faisait encore que faiblement sentir chez les ouvriers, et elle sera toujours nécessaire dans de pareilles conditions. Mais, aujourd'hui, nous voyons les ouvriers venir en grand nombre à certains cours du soir de l'école de commerce, malgré la rétribution assez élevée qui leur est imposée. Les cours faits par MM. Levasseur, rue Volta, cours auxquels on n'est admis qu'en payant, comptent un plus grand nombre d'élèves que ceux de la rue Jean-Lantier, faits par les mêmes professeurs, gratuitement, sous les auspices de l'Association polytechnique. A Lyon, on voit également les ouvriers assister en grand nombre à des cours dont l'entrée n'est pas gratuite. En Allemagne, la rétribution est de règle, et l'expérience a appris qu'elle ne produisait que d'excellents effets.

Que la rétribution soit très-faible ; il le faut, pour n'écarter personne, mais, si faible qu'elle soit, elle suffit pour prouver l'importance que l'ouvrier attache à l'instruction. Il est bien reconnu d'ailleurs que l'on attache d'autant plus de valeur aux choses, qu'elles nous coûtent davantage. L'ouvrier a payé, il veut *consommer*. Le professeur, d'un autre côté, se regarde peut-être comme plus sérieusement engagé à l'égard de l'élève qui paye.

Ce ne serait certainement pas au point de vue fiscal que j'exigerais cette cotisation ; ce serait seulement afin d'habituer l'ouvrier à se passer, autant que possible, du secours d'autrui.

Un mot enfin des bibliothèques populaires.

Il y a quelques années, des ouvriers, de

simples ouvriers formés en société, ont fondé à Paris la bibliothèque populaire du troisième arrondissement, la première établie à Paris *par voie de cotisation*, la première qui ait permis d'emporter les livres à domicile. Ces ouvriers, en assemblée générale, m'ont fait l'honneur de me nommer leur président, honneur auquel j'ai été d'autant plus sensible que leurs votes ont été parfaitement spontanés.

La faculté d'emporter les livres à domicile me paraissait des plus dangereuses, et le succès de cette mesure me semblait très-incertain. Je croyais qu'un grand nombre de livres seraient perdus ou du moins qu'on ne les rendrait qu'en très-mauvais état. Je me suis complétement trompé. Nous fonctionnons depuis six ans, et le nombre des ouvrages égarés est insignifiant; les livres nous sont rendus généralement en assez bon état.

Voilà, Messieurs, un fait qui honore infiniment la classe ouvrière, un fait qui prouve la moralité des ouvriers de Paris. C'est qu'aussi, Messieurs, les sociétaires comprennent que la bibliothèque est la propriété commune et qu'ils doivent la respecter.

J'ajouterai que la société des amis de l'instruction du troisième arrondissement, qui compte plus de six cents souscripteurs, marche pour ainsi dire toute seule, sans que j'aie à m'en mêler. Le président se trouve réduit au rôle d'un roi sincèrement constitutionnel.

En Allemagne, Messieurs, à Berlin, il existe plusieurs sociétés d'ouvriers qui se sont réunis pour s'instruire au moyen de cours, de conférences, de bibliothèques. La plus grande de toutes compte jusqu'à 3,000 membres, et elle est très-riche. Elle possède un magnifique local avec une très-belle bibliothèque, et le tout est le fruit de l'épargne. J'ai assisté à une assemblée d'environ mille membres, et j'ai admiré leur calme parfait.

Faites donc tous vos efforts, Messieurs, pour vous rendre, comme les ouvriers de Berlin, indépendants de vos amis et même de l'État, et ne croyez pas que le Gouvernement le voie avec déplaisir. Loin de là, l'Empereur lui-même, dans un discours qu'il a prononcé lors de la distribution des récompenses aux exposants de Londres, en 1863, faisait l'éloge de l'initiative privée en Angleterre et exprimait le regret qu'en France on fût toujours porté à réclamer l'assistance de l'État; si toutefois l'État intervient encore quelquefois, même sans y être directement provoqué, c'est parce que l'action de l'initiative privée n'est que très-peu développée en France et qu'il faut y suppléer, sous peine de rester stationnaires.

Il n'y a pas de bien plus précieux que celui qu'on acquiert par soi-même. Je ne vois pas d'homme plus heureux que celui qui peut se dire : Tout ce que j'ai, tout ce que je possède, je l'ai conquis par moi-même, par mon travail, par mon intelligence. Je ne dois rien à personne. Oh! celui-là a le droit d'être fier. Il est bien plus heureux que le riche héritier d'une fortune qu'il eût été incapable de gagner et qu'il dépense follement.

Quelquefois, Messieurs, vous avez peut-être envié le sort de ces riches oisifs que vous avez vus se promener dans de brillants

équipages. Détrompez vous. Ces hommes ne
sont pas heureux. Les excès, le défaut d'exercice, altèrent souvent leur santé, et ils finis-
sent, à force de jouir des biens matériels, par
arriver à la satiété. Or, c'est un mal cruel
que la satiété, Messieurs, je vous assure ; il
en est encore, même dans notre siècle de
progrès, qui meurent de misère, mais il en
est un plus grand nombre qui meurent d'en-
nui, qui se suicident par dégoût de la vie, et
le peuple le plus riche du monde, le peuple
anglais, est celui chez lequel le suicide est
le plus commun.

Le travail seul du corps ou de la tête peut
sauver de ce mal affreux.

S'il m'est permis de me citer moi-même,
je vous dirai que j'ai toujours été heureux
parce que j'ai toujours travaillé. Fortune,
santé, je dois tout au travail.

J'ai toujours travaillé, vous ai-je dit, je
me trompe ; un moment, un seul moment
dans ma vie, j'ai été désœuvré. Je dirigeais
les travaux du chemin de Versailles. Ces
travaux ayant été suspendus faute de ca-
pitaux, je manquai d'occupations. J'avais
amassé quelque argent, je me promis d'en

profiter pour m'amuser; une partie de la matinée, j'allais au bois pour me promener à cheval; puis je dinais dans les meilleurs restaurants et je terminais la journée par le théâtre. Pendant un mois, je vécus ainsi, tant bien que mal. Au bout d'un mois, j'étais ennuyé, mortellement ennuyé de ce genre de vie; j'étais devenu tout à fait malheureux. Je ne retrouvai le bonheur qu'en retrouvant le travail.

Vous tous, mes amis, qui comprenez l'utilité de l'instruction, venez à nous en toute confiance, vous nous trouverez toujours prêts à vous seconder dans les efforts que vous ferez pour acquérir de nouvelles connaissances, pour orner votre esprit. Les Pères de l'Église ont dit : « Le riche est l'intendant de la fortune du pauvre. » En s'exprimant ainsi, ce n'est pas seulement du riche en argent qu'ils ont voulu parler, ils ont fait encore allusion au riche en science. Ce précepte sera constamment présent à notre esprit, et vous nous trouverez toujours prêts à partager avec vous la fortune intellectuelle qui nous a été dévolue. J'ai soixante-cinq ans, et je m'estimerais heureux de pouvoir vous consacrer encore le peu d'années qui me restent à vivre.

Prêtons-nous un mutuel appui ; nous ne pouvons rien sans vous, et vous ne pouvez rien sans nous. Travaillons donc ensemble au progrès de l'industrie, à la prospérité, à la gloire de la France.

# ASSOCIATION POLYTECHNIQUE

## FONDÉE EN 1830

### PAR LES ANCIENS ÉLÈVES DE L'ÉCOLE POLYTECHNIQUE

---

# STATUTS

---

## I

### Objet de l'Association.

#### ARTICLE 1er.

L'Association Polytechnique a pour but de donner aux ouvriers une instruction appropriée à leurs besoins. A cet effet, elle établit des cours publics, faits par des professeurs non rétribués ; elle organise des conférences et fonde des bibliothèques populaires.

#### ART. 2.

Chaque année, elle distribue des récompenses aux ouvriers qui se sont le plus distingués par leur assiduité, leur travail et leurs progrès.

#### ART. 3.

Le siége de l'Association est à Paris, à l'École centrale des Arts et Manufactures.

## II

### Composition de l'Association.

### ART. 4.

L'Association Polytechnique est dirigée par un président assisté d'un conseil d'enseignement dont il sera question plus loin.

### ART. 5.

Elle se compose de membres actifs, de membres honoraires, d'un conseil de patronage et d'un comité consultatif.

### ART. 6.

Les membres actifs sont les membres du conseil d'enseignement et les professeurs en activité de service.

### ART. 7.

Les membres honoraires sont choisis parmi les hommes qui ont rendu, à divers titres, des services à l'Association.

### ART. 8.

Le conseil de patronage se compose d'un nombre illimité de membres pris parmi les personnes qui peuvent contribuer à l'éclat et à la prospérité de l'œuvre.

### ART. 9.

Le comité consultatif est formé de chefs d'industrie, de contre-maîtres et d'ouvriers choisis plus particulièrement parmi les anciens élèves de l'Association.

# III

## Organisation de la Société.

### ART. 10.

L'Association polytechnique est divisée en sections.

### ART. 11.

Un ensemble de cours établis dans une même localité, conformément aux statuts et règlements, constitue une section.

### ART. 12.

L'administration de chaque section est confiée à un délégué du conseil d'enseignement.

### ART. 13.

Les sections de l'Association ne peuvent se réunir qu'avec l'autorisation du conseil d'enseignement, auquel l'ordre du jour doit être communiqué.

### ART. 14.

Le président de l'Association a le droit d'assister aux réunions des sections, et alors il les préside.

### ART. 15.

Chaque année, les professeurs des sections soumettent, par l'intermédiaire de l'administrateur délégué, les programmes de leurs cours au conseil d'enseignement.

## IV

### Du Conseil d'enseignement.

### ART. 16.

Le conseil d'enseignement se compose du président de l'Association et de vingt membres nommés par l'assemblée générale.

Ce nombre peut être augmenté si les besoins du service l'exigent.

### ART. 17.

Le conseil d'enseignement nomme dans son sein des vice-présidents, un secrétaire général, deux secrétaires et un trésorier.

### ART. 18.

Les présidents, vice-présidents et secrétaires généraux honoraires ont le droit d'assister aux réunions du conseil.

### ART. 19.

Le conseil d'enseignement se réunit sur la convocation du président.

## ART. 20.

Il a la haute direction des sections.

Il veille à l'exécution des statuts et des règlements ; vote le budget et contrôle la comptabilité ; arrête les programmes ; décide la création de nouvelles sections ; nomme les membres honoraires, les membres du conseil de patronage et du comité consultatif ; désigne les nouveaux professeurs ; fixe l'époque de la distribution des récompenses et en règle le programme; arrête la liste des lauréats, etc., etc.

## ART. 21.

Le conseil d'enseignement se réunit au moins deux fois par an, aux mois de juin et d'octobre.

# V

## De l'Assemblée générale

## ART. 22.

L'assemblée générale se compose de l'universalité des membres actifs de l'Association.

## ART. 23.

Elle élit le président de l'Association et les membres du conseil d'enseignement; elle entend chaque année le rapport du conseil; elle vote sur les modifications à apporter aux statuts. — Pour ce dernier objet les décisions prises ne sont valables que si les deux tiers des membres de l'Association sont présents à la réunion.

### Art. 24.

Les élections ont lieu tous les trois ans, au mois d'octobre.

Tous les membres sortants sont rééligibles.

### Art. 25.

L'assemblée générale se réunit au moins une fois par an, sur la convocation du président.

Le président peut la convoquer extraordinairement.

### Article additionnel.

Voulant reconnaître les services rendus à la cause de l'instruction populaire par M. le comte de Lariboisière et par M. Perdonnet, l'un des fondateurs de l'Association Polytechnique, l'Association nomme : M. le comte de Lariboisière président d'honneur, et, par dérogation à l'article 23 des présents statuts, M. Perdonnet président à vie.

---

## COURS DE L'ASSOCIATION POLYTECHNIQUE

---

*Langue française.* — Grammaire usuelle. — Exercices d'orthographe et de rédaction. — Analyse grammaticale. — Analyse logique. — Analyses littéraires.

*Langue anglaise.* — Éléments de la grammaire. — Traduction. — Conversation.

*Langue allemande.* — Éléments de la grammaire. — Traduction. — Conversation.

*Arithmétique.* — Les quatre règles sur les nombres entiers, décimaux, fractionnaires. — Système métrique. — Carrés et racines carrées. — Cubes et racines cubiques. — Applications et règles usuelles.

*Comptabilité.* — Achats et ventes. — Escomptes et négociations. — Tenue des livres. — Comptes courants. — Changes et arbitrages. Sociétés par actions. — Compagnie d'assurances. — Principaux établissements financiers.

*Géométrie plane.* — Propriétés principales des figures planes. — Mesure des surfaces. — Applications au dessin, à l'architecture, à l'arpentage, etc.

*Géométrie dans l'espace.* — Propriétés principales. — Mesure des surfaces et des volumes. — Application aux arts et métiers.

*Géométrie descriptive.* — Notions générales. — — Plans tangents. — Sections planes. — Intersections. — Perspective. — Charpente. — Coupe des pierres. — Application aux panoramas et décors, à la construction des escaliers, etc.

*Algèbre élémentaire.* — Calcul algébrique. — Équation du 1er et du 2e degré. — Progressions et logarithmes. — Intérêts composés et annuités.

*Trigonométrie.* — Lignes trigonométriques. — Formules principales. — Résolution des triangles. — Applications.

*Physique appliquée.* — Constitution des corps. — Matériaux des constructions. — Liquides; Distribution d'eau. — Presses; Navires. — Gaz; Atmosphère; Ventilation. — Chaleur et travail; Vapeur. — Lumière; Photographie. — Électricité. — Télégraphie. — Magnétisme.

*Chimie industrielle.* — Métalloïdes et métaux. — Leurs composés usuels. — Principes de chimie organique. — Application aux arts, à l'industrie et à l'agriculture.

*Hygiène.* — Constitution générale de l'homme. — Hygiène publique. — Hygiène privée. — Habitation. — Vêtements. — Aliments. — Éducation des enfants. — Hygiène professionnelle.

*Mécanique.* — Principes généraux. — Moteurs industriels. — Travail et rendement. — Jeu et tracé du mécanisme. — Fonctionnement des outils. — Stabilité des constructions. — Art mécanique.

*Technologie.* — Matières premières en général. — Leur origine, leur emploi. — Bois combustibles, fer, fonte, acier, etc.

*Astronomie populaire.* — Spectacle du Ciel. — Étoiles, planètes et comètes. — La terre, le soleil, la lune. — Éclipses. — Marées.

4.

*Géographie physique et politique.* — Division physique et politique du globe.

*Géographie industrielle et commerciale.* — Richesses naturelles. — Centres de production et de consommation. — Mouvement des échanges.

*Histoire naturelle.* — Études des fonctions de la vie. — Classification des animaux. — Exemples pris parmi les plus utiles et les plus nuisibles. — Notions sur la structure, la végétation et la reproduction des plantes. — Éléments de géologie.

*Législation usuelle.* — Actes de l'état civil. — Droit de famille. — Propriété, succession, donation, contrats. — Principes de législation industrielle et commerciale et de droit administratif.

*Rapports de l'art et de l'industrie.* — Différentes époques de l'histoire de l'art appliqué à l'industrie.

*Économie industrielle.* — Son objet. — Le capital et le travail. — Les machines. — Profits et salaires. — Intérêt et usure. — La liberté du travail. — Les sociétés coopératives. — Échange et monnaie. — Le crédit. — La liberté commerciale.

*Dessin industriel.* — Lever et dessin des machines. — Dessin d'architecture et de construction en général. — Des styles.

*Dessin artistique.* — Fleurs. — Ornements. — Figures. — Académies.

*Chant.* — Lecture. — Étude de la musique

pour l'exécution des chœurs. — Principes de composition musicale.

*N. B.* — Les cours de l'Association poly-technique ont lieu, à Paris, tous les soirs de 8 à 10 heures, dans les centres suivants :

École centrale des arts et manufactures.
École Turgot.
École Jean Lantier.
Faubourg Saint-Antoine (rue d'Aligre).
Mairie du Prince-Eugène.
École de Belleville.
École de La Villette.
École de la rue du Bon-Puits.
Prétoire de La Chapelle.
École de la rue Ramey.
École des Batignolles.
École des Ternes.
École de Passy.
Mairie de l'Élysée.
École de Médecine.
Mairie de Saint-Sulpice.
École de Grenelle.
École et prétoire de Vaugirard.

L'Association compte aussi des sections dans la banlieue de Paris et, dans les principales villes de province, un nombre toujours crois-sant se sont placées sous son patronage.

# CONFÉRENCES PUBLIQUES ET GRATUITES

FAITES SOUS LES AUSPICES DE L'ASSOCIATION POLYTECHNIQUE

## 1866

## Économie industrielle.

MM. J. GARNIER, de l'École des ponts et chaussées. — L'économie industrielle.

BAUDRILLART, de l'Institut. — Le capital.

HORN, publiciste. — Les machines.

BATBIE, de l'École de droit. — Travail et salaire.

COURCELLES-SENEUIL, publiciste. — Intérêt et usure.

E. LEVASSEUR, du Lycée Napoléon. — Les corporations et la liberté du travail.

JULES DUVAL, directeur de l'*Économiste français*. — Les sociétés coopératives.

L. WOLOWSKI, de l'Institut. — Échange et monnaie.

PAUL COQ, de l'École Turgot. — Le crédit.

F. PASSY, publiciste. — La liberté commerciale.

## Sujets scientifiques et littéraires.

MM. AUDIGANNE, publiciste.
— La famille de l'ouvrier.

BABINET, de l'Institut. — Les grandes
époques géologiques.

BARRAL, publiciste. — L'agriculture en
France.

BENOIT-DUPORTAIL, ingénieur. — L'enseignement professionnel.

BOUCHARDAT, de l'Académie de médecine.
— Les céréales. — L'alimentation.

GAFFE (le docteur). — De l'éducation du
corps.

COQ (Paul), de l'École Turgot. — De la
cherté et du bon marché.

COMBEROUSSE (Ch. de), de l'École centrale
et du collége Chaptal. — Les grands
ingénieurs. — La femme de l'ouvrier.

GRAMOISY (le docteur). — Le choléra.

DEMKÈS, directeur de l'école des Batignolles. — Les instituteurs du peuple.

DONNAT (Léon), ingénieur des mines. —
La famille.

EMMANUEL (Charles), astronome. — Le
pantographe astronomique.

ENGEL, chimiste. — Les industries de La
Chapelle.

FLAMMARION (Camille). — Les grands faits
de l'astronomie. — La pluralité des
mondes. — Les héros du travail.

Foley (le docteur). — Le choléra.

Franck, de l'Institut. — De la famille.

Gaumont, publiciste. — Moteurs et machines de précision. — La mesure du temps.

Giraud-Teulon (le docteur). — De l'œil considéré comme instrument de travail.

Guébhart, ingénieur. — La lumière électrique.

Hément (Félix), de l'École Turgot. — La température et la vie. — L'origine et la fin d'un monde. — L'air et les météores aériens. — Les fleuves. — Les infiniment grands et les infiniment petits.

Hervé (Édouard), publiciste. — L'art et l'industrie.

Horteloup (le docteur). — Des épidémies.

Jager, constructeur. — Inventions nouvelles.

Jouanne, ingénieur. — L'éclairage au gaz.

Lapommeraye (de) chef du service des pétitions au Sénat. — Vie de Franklin. — Les sociétés de secours mutuels.

Leclert (Émile), ingénieur de la marine. — La voile, la vapeur, l'hélice.

Lelong (Théodore), de l'École centrale. — Les industries de La Villette.

Lenormand, professeur de physique. — L'électricité.

LEVASSEUR (Émile), du lycée Napoléon. — L'assistance mutuelle.

MARTELET, de l'École centrale. — Les bibliothèques populaires. — Bernard Palissy. — Richard Lenoir.

MORIN (Ernest), du collége Chaptal et de l'École Turgot. — L'homme à la conquête du globe. — Richesses de la France.

PAYEN, de l'Institut. — Les industries de Grenelle.

PERDONNET, président de l'Association polytechnique. — Les chemins de fer. — Utilité de l'instruction.

PONDEVAUX (le docteur). — Aliments et boissons.

REBOUL, publiciste. — Les assurances sur la vie.

RIANT (le docteur). — Le merveilleux en médecine.

ROUCHÉ, de l'École polytechnique. — Le calendrier.

SAINT-EDME, du Conservatoire des arts et métiers. — L'électricité.

SARCEY (Francisque), publiciste. — Corneille.

SAMSON, de la Comédie-Française. — Molière.

SIMONIN, ingénieur des mines. — Le mineur de Californie. — L'or et l'argent. — Les pierres précieuses. — Les grands ouvriers.

Tarnier, inspecteur de l'instruction primaire. — Histoire du système métrique.

Thévenin (Évariste), publiciste. — Les Gaulois.

Vallet de Viriville, de l'École des chartes. — Gutenberg et les origines de l'imprimerie.

Weïss, publiciste. — Le sire de Joinville et le roi saint Louis.

Worms (Émile), avocat à la Cour impériale. — Le capital et le travail.

Yung (Eugène), publiciste. — Henri IV.

FIN.

Impr. L. TOINON et Comp., à Saint-Germain.